O elefante e o urubu

um encontro com a leveza

Texto
Mauro Pereira Alvim

Ilustrações
Michelle Duarte

Copyright do texto © 2019 Mauro Pereira Alvim
Copyright das ilustrações © 2019 Michelle Duarte

Coordenação editorial	Felipe Augusto Neves Silva
	Rochelle Mateika
Projeto gráfico	Matheus Valim
Editoração eletrônica	Matheus Valim
Revisão	Luís Eduardo Gonçalves

Dados Internacionais de Catalogação na Publicação (CIP) de acordo com ISBD

A475e   Alvim, Mauro Pereira

        O elefante e o urubu: um encontro com a leveza / Mauro Pereira Alvim ; ilustrado por Michelle Duarte. - São Paulo, SP: Saíra Editorial. 2019
        40 p. : il. ; 20,5cm x 20,5cm.

        ISBN: 978-65-81295-01-1

        1. Literatura infantil. I. Duarte, Michelle. II. Título.

                                                        CDD 028.5
2019-2285   CDU 82-93

Elaborado por Vagner Rodolfo da Silva - CRB-8/9410
Índice para catálogo sistemático:
    1.   Literatura infantil 028.5
    2.   Literatura infantil 82-93

2019
Todos os direitos reservados à
Saíra Editorial
Rua Doutor Samuel Porto, 396
04054-010 - Vila da Saúde, São Paulo, SP
Tel.: (11) 5594 0601
www.logopoiese.com.br
rochelle@sairaeditorial.com.br

Dedico este pequeno livro à Laís, ao Davi e ao Diego. Ele foi escrito com base em estórias que contava pra eles, todas as noites. Desejo a eles que encontrem o caminho da espiritualidade, da ternura e da leveza.

Desde novo, Danilo fora um elefante inquieto.

Mas, junto com aquela inquietação, havia nele uma mansidão e uma ternura que eram do seu tamanho.

Quando já crescido, resolveu conhecer além das fronteiras de sua manada. Despediu-se de todos e saiu mundo afora.

Depois de alguns dias de caminhada, teve seu primeiro encontro. Era um urubu velho que estava sentado numa pedra. Devido à idade, já não voava mais.

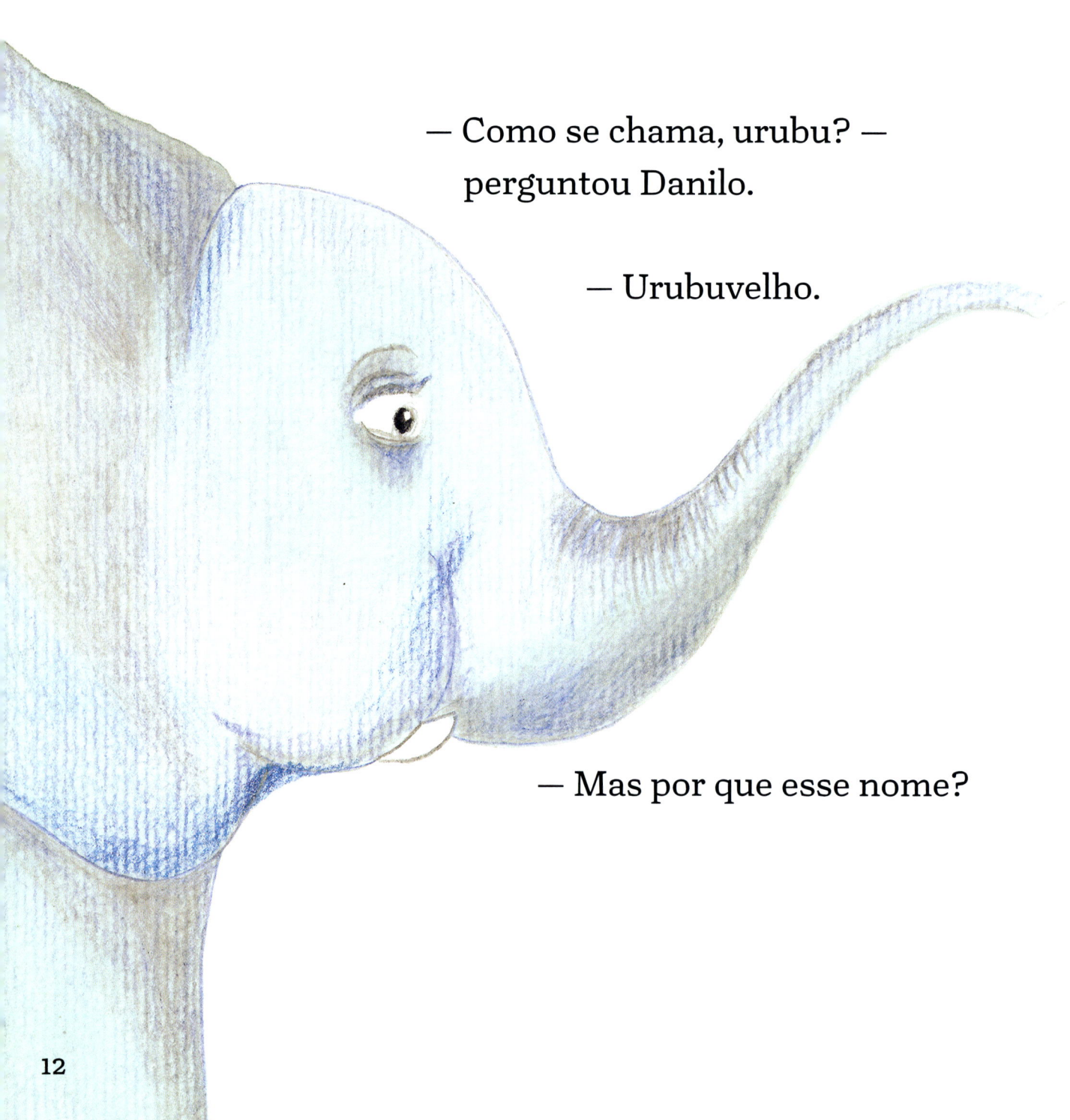

— Como se chama, urubu? — perguntou Danilo.

— Urubuvelho.

— Mas por que esse nome?

— Ideia do meu tio, que foi meu padrinho. Levava tudo na brincadeira e cismou que eu tinha cara de velho, mesmo eu sendo criança...

— Me batizou, riu muito e foi voar. Foi ele quem me ensinou a não perder o encanto pelas coisas. Porque, enquanto existe encanto, existe vida.

Então Danilo resolveu levar Urubuvelho para o Grande Passeio. Ali era o começo de uma enorme amizade.

Mais adiante, eles encontraram uma formiga tentando tirar uma pedra que caíra em frente à porta de sua casa.

Danilo, com um simples peteleco, tirou a pedra do lugar e salvou a família da formiga. Daí descobriu que um pequeno ato pode provocar um grande resultado.
A formiga agradeceu ao elefante. O elefante agradeceu à formiga. O urubu riu.

Durante a caminhada, aconteceu uma grande ventania.
Foi tão forte que tirou todas as penas de um papagaio.
Este, desesperado, pediu ajuda aos dois.

Numa aldeia indígena, eles conseguiram cola e penas de galinha. Colaram as penas no papagaio, que ficou muito esquisito. O urubu riu muito.

Mas, com o tempo, as penas coladas caíram e penas novas e bonitas nasceram. O papagaio agora se sentia ainda mais feliz. Daí ele descobriu que a perda pode fazer crescer e que a dor também alimenta.

Mais adiante, encontraram outro urubu, que ficava apenas no chão. Urubuvelho explicou a Danilo que aquele pássaro não gostava de voar e que, de tanto andar, seus pés doíam muito. E, agora, com os pés machucados, não conseguia mais alçar voo.

Então, Danilo perguntou:

— Mas, se as asas estão boas, por que ele não consegue mais voar?

— É o pé no chão que nos impulsiona para o voo — explicou (e tornou a rir) Urubuvelho.

Com o passar do tempo, Urubuvelho ficou ainda mais velho. E já não suportava mais as dores nas asas e nas costas.

Um dia Urubuvelho morreu. Danilo ficou aliviado pelo fim das dores.

E, mesmo bem antes daquele momento, ele já sabia do tamanho da saudade que viria.

Danilo sabia que estava chegando ao fim de sua caminhada. E, quando ficava sozinho, se lembrava, feliz, de seu amigo. Foi aí que aprendeu que na solidão também há encontro e que, enquanto ele vivesse, Urubuvelho também viveria, dentro de sua memória e de sua alma...

Sobre o autor

Mauro Pereira Alvim...

...nasceu em Rio Preto, Minas Gerais, numa casa à beira do rio, em 1969. Último de nove, é filho da proximidade com a terra e, com ela, aprendeu a aceitar os ciclos. Com o rio, sempre outro e sempre o mesmo no quintal, aprendeu a respeitar esses ciclos. Cuida de sorrisos por profissão, sorri sinceramente por gratidão, ocupa-se da terra por opção.

    É filho de um poeta e de uma fazedora cotidiana de grandes poesias impalpáveis. Casou-se com Doralice, que só tem doçura na alma. É pai de Laís, Davi e Diego. Com os filhos, aprendeu, ele também, quanto é imprescindível, além de construir histórias, inventar outras.

Sobre a ilustradora

Michelle Duarte...

...nasceu na grande cidade de São Bernardo do Campo, em 1984, mas o que ela ama acima do concreto é a natureza – amor que transformou em causa para a vida. De observar a natureza, aprendeu a vê-la como uma exposição de arte viva, repleta de cores e características que poucos conseguem perceber tão bem.

Menina moça de sorriso largo e bem desenhado, valoriza princípios, mas segue seus meios de enxergar a vida e tem sua própria forma de lidar com ela. Da observação da vida, aprendeu a colher desenhos e cores – trabalhava em suas próprias HQs já aos quatro. Boa amiga que é, gosta de contar histórias – que, na fala dela, parecem grandes aventuras cheias de magia.

Formou-se em Pedagogia, depois em Design. Hoje é professora da rede municipal de São Paulo, disseminando arte por aí. Michelle, ela mesma, é arte difícil de entender – mas quem disse que arte se entende?

Esta obra foi composta em Turnip e impressa pela
Grafnorte em offset sobre papel couché fosco 150 g/m²
para a Saíra Editorial em dezembro de 2019